25006

ye

EPITRE

A

L'AMITIÉ.

A PARIS,

De l'Imprimerie de PRAULT, Quai de
Gêvres, au Paradis.

M. DCC. LX.

Avec Approbation & Permission.

EPITRE
A L'AMITIÉ,

ADRESSÉE DE L'ARMÉE

A M. DE B***.

Par M. DE LAFARGUE.

Cato mihi eſt pro centum millibus. Cic.

FIDELLE ſœur d'un Dieu volage,
Premier ſentiment de mon cœur,
O toi dont le charme vainqueur
Adoucit juſqu'à l'eſclavage;
Noble AMITIÉ, penchant flateur,
Enchanté, fier de ton empire,

A ij

J'ofe prendre aujourd'hui la Lyre,

Pour en célébrer la douceur.

Envain l'Amant de Caftalie

S'oppofe à mon empreffement ;

Le tranfport d'une ame attendrie

Tient à tes yeux lieu de talent.

On n'a pas befoin de génie

Pour exprimer le fentiment.

MAIS où t'adreffer mon hommage ?

Où font tes Temples aujourd'hui ?

Tu n'es que dans le cœur du Sage ;

Et ta préfence eft tout pour lui.

Où trouver le Sage lui-même,

Dans le défordre général

Où des Dieux l'empire fuprême

Semble être détruit par le mal ?

Diogène, en cherchant un homme,

N'étoit lui-même qu'un fantôme

De cet Etre, image des Dieux.

La Tristesse, l'Indifférence,

Loin d'être la Sagesse immense,

N'en font que le masque odieux.

   Ce n'est point l'aveugle Déesse

Qui règle tes pas généreux.

Dans leur retraite où tout les laisse,

Tu restes seule aux malheureux.

Chez les Rois, Dieux de la Nature,

Tes plaisirs purs sont ignorés ;

Les Palais, les Lambris dorés,

Sont le séjour de l'Imposture.

Les Rois n'ont point de vrais amis.

On les adore en apparence,

Leurs bienfaits obtiennent ce prix ;

Mais trompés, lorsqu'on les encense,

La vérité qui les offense,

Reste pour eux au fond du puits.

A iij

Pour avoir un ami sincere,
Il faut qu'un Roi déifié
Aît de Trajan le caractere,
Et soit capable d'amitié.

Tu ne vas point de ta présence
Fatiguer les yeux de ces Grands
Qui deshonorent leur naissance
Par l'orgueil qu'ils ont de leurs rangs.

Et trop grande pour des bassesses,
Tu vas moins à de riches sots,
Pour leurs festins & leurs caresses,
Prostituer mal-à-propos
Ce noble encens que tu n'adresses
Qu'aux vertus de tes seuls héros.

A l'ombre des bois, sous le chaume,
Heureuse du bien que tu fais,
Tu ne vois en l'homme que l'homme,
En embrassant ses intérêts.

Sur les bords d'un ruisseau tranquille,

Lieux charmans, agréable asile

Où Zéphire embaume les fleurs

De son haleine parfumée,

Tu voles sensible, enflâmée,

Répandre à ses yeux tes douceurs.

C'est-là que devenant plus tendre,

De ses maux, divine AMITIÉ,

Son cœur ne sent que la moitié,

Par l'intérêt qu'il t'y voit prendre.

Que dis-je ? Avec toi les plaisirs

En font disparaître les peines.

Peut-il rester quelques desirs

Aux cœurs engagés dans tes chaînes ?

Le Philosophe par tes soins

Est soulagé de ses besoins.

Vainement il tâche & souhaite

De les cacher à ton ardeur :

Généreufe & promte interprête,
Tu vas les chercher dans fon cœur.
Tu le confoles, tu l'amufes,
Tu l'enchantes & tu l'inftruis.
La Philofophie & les Mufes
Eloignent de vous les ennuis.
Dans ce délicieux commerce
D'efprit, de goût, de fentiment,
Mal gré le fort qui le traverfe,
Il eft heureux en t'admirant.
Tout s'embellit par ton image.
L'azur des cieux eft plus brillant,
L'Air plus frais, Chloé moins volage.
L'Aurore pleure en te voyant.
Les Oifeaux, d'un plus doux ramage,
Chantent l'Amour & le Printems;
Et le plaifir des jours du Sage
Ne fait ainfi que des inftans.

La jeune Hébé fert à fa table

De l'Ambroifie & du Nectar ;

Et les Dieux femblent prendre part

A votre entretien raifonnable,

Digne d'eux puifqu'ils l'ont dicté.

Quel charme ! Que de volupté !

La vertu fuit ton char aimable,

Et ton empire eft enchanté.

   Au fein de crime qui l'abufe,

Voyant Damon & Pythias,

Le fier Tyran de Syracufe

Eft ébloui de tes appas.

Malgré lui, fa pitié s'enflâme

Du feu qui brûle dans leur ame.

Près de les voir dans les tourmens,

Il les admire, il les embraffe,

Et ne veut pour prix de leur grace,

Qu'être, en tiers, dans leurs fentimens.

Dieux, reprenez ce trône injuſte,

Diſoit un Empereur ſenſé,

S'il faut que l'amour pour Auguſte

De tous les cœurs ſoit effacé.

SOIT deſtin, caprice ou folie,

Sans s'effraier de ſon retour,

Il faut qu'une fois en ſa vie

On paie un tribut à l'amour.

Mais cet hommage à la figure

Rendu plutôt qu'aux ſentimens,

Né du beſoin de la nature

Qu'il avilit & défigure,

N'ayant point d'autres fondemens,

Ne dure que peu de momens.

Avec la beauté qu'on adore,

Bien-tôt le charme s'évapore.

Telle l'odeur des jeunes fleurs,

Sans qu'on l'aît à peine flairée,

Se diffipe en une foirée,

Avec l'éclat de leurs couleurs.

POUR toi, ce n'eft que fur l'eftime

Que tu fondes l'attachement ;

Et d'un lien fi légitime

Le Tems refpecte l'agrément.

L'AMOUR pour les cœurs qu'il furmonte,

Eft fouvent un mortel poifon :

Les peines, les remords, la honte

En font leur affreufe prifon.

Il eft peu de flâmes heureufes

Qui s'allument à fon flambeau.

O Vénus, tes fuites fâcheufes

Sont indignes de mon pinceau.

RIEN ne fouille, AMITIÉ, tes traces,

De l'amoureufe paffion

Tu n'as point les triftes difgraces,

Mais les plaifirs de la raifon.

VOLE sur cette rive heureuse
Où la Seine toute orgueilleuse
Des regards du meilleur des Rois,
Semble à regret suivre le poids
Qui dans le sein des Mers l'entraîne,
Et chercher, oubliant ses loix,
A calmer l'excès de sa peine,
En se transformant en fontaine.
Fixe tes pas précipités
Chez la Reine de nos cités.
Là, loin du faste & du tumulte,
Au sein du bruit & des grandeurs,
Un Sage occupé de ton culte,
De l'âge d'or trace les mœurs.
L'art d'aimer forme sa science ;
Et ses jours ne s'écoulent pas
Dans le néant de l'indolence,
Ni dans l'excès des embarras.

Dis-lui que l'abſence cruelle,

Ni ce Vieillard qui détruit tout,

N'altèrent point l'ardeur fidelle

Que je porte avec moi par tout.

Dis-lui qu'il meſure ma flâme

Sur ſon mérite & ſur ſes feux,

Que mon bonheur eſt dans ſon ame,

Et le ſien dans mes premiers vœux.

Tu ne peux mettre à ce meſſage,

Fille des Dieux, trop de chaleur.

Pour garans de mon tendre hommage,

Porte-lui mes vers & mon cœur.

F I N.

Lû & approuvé ce 16 Juillet 1760.
C R E B I L L O N.

Vû l'Approbation, permis d'imprimer, à la charge d'enregiftrement à la Chambre Syndicale. Ce 17 Juillet 1760.
Signé, D E S A R T I N E.

Regiftré la préfente Permiffion fur le Regiftre des Permiffions de Police, de la Communauté des Libraires & Imprimeurs de Paris, N°. 4066. conformément aux anciens Réglemens, confirmés par celui du 28 Février 1723. A Paris ce 5 Août 1760.
Signé, M O R E A U, Adjoint.